LES CHARMES
DE LA POËSIE,
O D E.

LES CHARMES
DE LA POËSIE,
O D E.

Par M. S ****.

A PARIS,

DE L'IMPRIMERIE DE P. G. LE MERCIER,
Imprimeur - Libraire ordinaire de la Ville,
rue S. Jacques, au Livre d'or.

M. D. CC. LXIII.

LES CHARMES
DE LA POËSIE,
O D E.

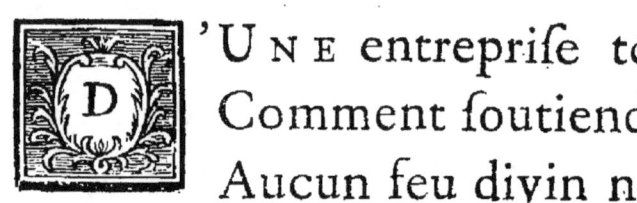

'UNE entreprise téméraire
Comment soutiendrai-je le poids?
Aucun feu divin ne m'éclaire,
Aucun Dieu ne soûtient ma voix.
Est-ce à mon débile génie
A chanter de la Poësie
Le puissant effet sur nos cœurs?
Hélas! je n'ai rien que mon zèle,
Sçavantes Nymphes, qui m'appelle
Au rang de vos Adorateurs......?

Quelle terreur pusillanime,
Suspend mes timides efforts?
Ah! du beau desir qui m'anime,
Excitons plutôt les transports.
Je te rends un sincère hommage,
Phébus, qu'importe en quel langage.
Des Bergers l'innocente voix
Charme les Dieux par ses Cantiques,
Plus que les Concerts magnifiques
Qu'on entend aux Palais des Rois.

C'est ce motif seul qui m'invite
A chanter le plus beau des Arts.
Des tems j'écarte la limite,
Le passé s'offre à mes regards.
Le Ciel s'ouvre; un divin Génie
Soûtient l'aimable Poësie :
Elle descend chez les Mortels,
Elle vient charmer leur souffrance,
Et la tendre Reconnoissance
De leurs cœurs lui fait des autels.

Dans un continuel divorce
L'homme vivoit au fond des bois,
Et cherchoit en vain dans la force
Le repos que donnent les Loix.
Quand une douce mélodie
Captivant son ame ravie,
Lui fait oublier sa fureur;
Ce n'est plus un monstre terrible;
Il s'émeut; il devient sensible,
Et prend la route du bonheur.

Mortels, quel charme vous rassemble
Et forme ces Sociétés.
Ce n'est plus le foible qui tremble,
Il vit en paix dans ces Cités.
La terre se change en Provinces,
Les Sujets sont unis aux Princes,
Les Citoyens aux Citoyens.
Par un culte uniforme & sage
Aux Dieux ils rendent tous hommage
Et les Dieux les comblent de biens.

Art divin, c'eſt-là ton ouvrage,
Mais l'Homme ne fut point ingrat,
En étudiant ton langage
Il ſçut en relever l'éclat.
Les Miniſtres du Sacrifice,
Les Défenſeurs de la Juſtice,
En compoſent leurs ſaints écrits :
Aidant une foible mémoire
Par lui les faſtes de l'Hiſtoire,
Sont retracés dans les eſprits.

Quel eſt cet Homme qu'on revère?
Sa tête eſt ceinte de lauriers,
Mais il n'a point cet air ſévère
Que porte le front des Guerriers.
C'eſt un Poëte reſpectable
C'eſt un Philoſophe agréable,
Par qui le faux eſt combattu;
Par la route qu'il lui fait prendre,
Le cœur eſt forcé de ſe rendre
Au but où l'attend la vertu.

Mortels, un nouveau phénomene,
Préfage un grand événement.
L'efpoir fans ceffe vous ramene,
Vers un heureux preffentiment ;
Le Ciel va fe faire connoître.
Un Aftre inconnu va paroitre.
O fiécle heureux ! fortunés bords,
Sçavante Gréce, aimable terre,
Dans ton fein tu reçois Homère,
Qu'enfante le Dieu des accords.

Il prend la trompette guerriere,
Et fait retentir fes éclats,
Il nous peint l'ardeur meurtriere
Qui conduit les Chefs aux combats.
On voit friffonner le Scamandre,
Tout s'embrafe, tout n'eft que cendre.
C'eft Mars, Mars lui-même en fureur.
Et moi fur la tragique fcene,
Tandis que mon œil fe promene
J'éprouve une douce terreur.

Ici c'eſt une autre peinture
Qui vient enchanter mes regards ;
Je me plais à voir la nature
Qui s'embellit de toutes parts ;
C'eſt avec transport que j'admire,
Comment tout y vit & reſpire ;
Loin du tumulte des combats ,
S'il faut qu'un Guerrier ſe repoſe ,
Il trouve exprès un lit de roſe ,
Et le Plaiſir lui tend les bras.

De la naiſſante Poëſie
Cher & trop heureux nourriſſon ,
Des traits de ton vaſte génie ,
Telle fut la profuſion.
Mais du Chantre de l'Auſonie
Je goûte autant la mélodie.
En ouvrant ſes écrits divers ,
On ſent un aimable délire ,
Et bientot l'âme ne reſpire
Que pour entendre ſes Concerts.

Je laiſſe l'Epique fanfare
Et le bruit aigu du clairon,
J'entends la lyre de Pindare,
Et les accens d'Anacréon ;
J'écoute l'ami de Mécène,
Sur leurs pas le plaiſir m'enchaîne,
Près de l'innocente Gayeté.
Le Falerne remplit leur verre,
Dans leurs bras l'enfant de Cithère
Folâtre avec la Volupté.

Dans une agréable retraite,
A l'ombre d'un épais verger,
Libre du ſoin de ſa houlette,
J'entrevois l'amoureux Berger ;
Auprès la Bergère naïve,
Raſſure ſon humeur craintive ;
J'entends gaſouiller les ruiſſeaux ;
Je vois des prés, des fleurs nouvelles ;
Les careſſes des Tourterelles,
Et les bonds des tendres Agneaux.

Mille & mille fois à la vûe,
L'Art a retracé ces portraits ;
Mille & mille fois l'ame émue
En admire les mêmes traits.
La critique en vain les cenfure ;
Ah! malheur à qui la nature
N'infpire plus que des dégoûts.
Malgré l'âge elle eft toujours belle :
Non le vice n'eft point chez elle,
Il ne peut être que chez nous.

Ainfi par un double avantage,
Que reçut cet art précieux,
L'homme dans un doux efclavage
Subit fon joug impérieux.
L'harmonie a fon caractère ;
La peinture en un point fait plaire,
Elles ont des droits fur nos cœurs.
Mais dans la feule Poëfie,
Et la peinture & l'harmonie
Retrouvent leurs dons enchanteurs.

Peut-être il manquoit à fa gloire
Pour la combler, un dernier trait.
Hé bien, encore une victoire,
Son triomphe fera complet.
Un plaifir mêlé d'épouvante
M'attache à la fcène fanglante,
Pour me faire aimer la vertu ;
Ou par un heureux ftratagême,
Le vice en riant de lui même,
Dans fon image eft combattu.

Seroit-ce au feul Dieu de la guerre
Qu'un Peuple devroit fon renom,
N'eft-ce qu'en lançant le tonnerre
Qu'il flate fon ambition,
Dans Rome, ainfi que dans Athenes,
Les vaincus bénifloient leurs chaînes ;
Ils étoient libres dans les fers.
Les Arts déteftent l'esclavage.
Le Guerrier bien moins que le Sage
De fon nom remplit l'univers.

D'où vient que le siécle d'Augufte
Pour un Peuple reprend fon cours ?
C'eft qu'un Monarque heureux & jufte,
Donne à fes fujets d'heureux jours.
C'eft pour eux le fruit de l'étude
Dont leur Maître a pris l'habitude :
Au milieu des travaux de Mars,
Soigneux d'embellir fa Couronne,
Lui-même a placé fur le trône
Cet Art vainqueur de tous les Arts.

Art charmant, heureux qui t'honore,
Et qui fe plait à t'admirer ;
Mille fois plus heureux encore
Celui que tu daigne infpirer.
Tes leçons l'occupent fans ceffe ;
Il trouve chez toi la richeffe,
Et la gloire & le vrai bonheur ;
Loin de l'orgueilleufe Ignorance,
C'eft dans la modefte Science
Qu'il met fon titre & fa Grandeur.

Mais pour moi, fans que je prétende,
Déeffe, à la moindre faveur,
Je pofe à tes pieds une offrande,
Où l'efprit a fait place au cœur.
En vain le Zoïle févère,
Prétend par fa critique amère
Etouffer les fons de ma voix;
Je ne crains que l'ingratitude,
Et mon unique inquiétude
Eft d'acquitter ce que je dois.

F I N.

A P P R O B A T I O N.

Lû & approuvé ce deux Novembre, 1763,

Signé, M A R I N.

Vu l'Approbation, permis d'imprimer, ce 6 Novembre, 1763,

Signé, *DE SARTINE.*